김종경 시집

저물어 가는
지구를 굴리며

별·꽃·시 02

저물어 가는 지구를 굴리며

펴 낸 날   2022년 12월 27일
초판인쇄   2022년 12월 30일

지 은 이   김종경
펴 낸 이   박숙현
주   간   김종경
편   집   이미상
펴 낸 곳   도서출판 별꽃
출판등록   2022년 12월 13일 / 제562-2022-22130호
주   소   경기도 용인시 처인구 지삼로 590 CMC빌딩 307호
전   화   031-336-8585
팩   스   031-336-3132
E-mail   booksry@naver.com
디 자 인   스튜디오 플린트
인   쇄   광문당

ⓒ김종경, 2022

ISBN / 979-11-981341-1-0 03810
값 12,000

저물어 가는 지구를 굴리며

김종경

별꽃

목차

2부
모닝커피를 위해 긴 줄을 서고

3부
노을 밖 세상

4부

그래, 나는 시인한다

5부
가장 여리고 강한

1부

당신은 어떻게 견뎌내고 있는가

빛의 유족들

채석강 해안도로 전망대에도 붉은 노을은 없었다

누구든 이 세상을 떠날 땐 노을의 궤도를 따라가는
법 태양에서 쏟아진 거대한 빛의 유족들이 노을로 사
라지는 걸 슬퍼하지 마라

노을 박물관 구석에 잠들어 있는 고양이는 알고 있
을까 검은 바닷속으로 태양이 떠오르고 질 때마다 분
만의 고통이 핏빛으로 번져왔던 것을

가끔은 태양처럼 세상을 전부 불태워버리고 싶다

바닷속 슬픔이 온전하게 끓어오를 때면 일출과 노
을에 등 기대고 담배를 피우던 당신

일출보다 노을이 아름다운 이유는 노을이 당신의
배경이 되었기 때문인 것을

어떤 이별법

검독수리 사냥꾼은 어린 독수리에게 가짜 먹이를 먹이고 토하기를 반복한다

봄 여름엔 많이 먹이고 잠을 재워 덩치를 키우지만 가을부터는 서서히 줄이다가 겨울이면 곡기를 완전히 끊어 야생의 본능을 일깨우는 것

가죽 팔뚝 위에 날카로운 독수리 발톱을 앉힌 사냥꾼은 어린 아들과 산으로 간다

매서운 눈빛은 초원의 흰 표범보다 더 빠르게 토끼와 어린 늑대까지 낚아채 오지만 독수리는 독수리일 뿐

사냥 독수리의 유효기간은 길어야 오 년,

대를 잇는 독수리 사냥꾼들의 이별법은 처음부터 독수리에게 이름을 지어주지 않는 것

사람들은 그걸 또 하나의 몹쓸 비방*이라고 말했다

*이장환의 <독수리 사냥> 중에서 빌려 오다

다뉴세문경

청동거울 다뉴세문경은
기원전 군주들의 영생을 기원하며
무덤에 함께 생매장할
절세미인들을 위해 만들었다

망각의 늪에 빠진 시간을 깨워
기원후 지구로 데려온
빛의 타임머신

손바닥만 한 원 안에
일만 삼천 삼백 개의
빗살 무늬를
하나하나 손으로 그려 넣은
인류 최초의 청동거울

최고의 장인들만 모아
태양의 기운을 담은
참 빗살 무늬들을
한 땀, 한 땀 거울로 빚었으니

수천수만 년이 흘렀어도
빛이 살아나
꿈틀거린다

청동기 시대 후예들이여!
기원후 태어난
이 땅의 모든 시인과 독자들이여!

이 말을 믿거나 말거나.

혼돈의 밤

- 천만 마리를 위한 진혼곡 -

　지독한 가뭄이 길어지자 어미 고라니가 안개 낀 개울가에 새끼 한 마리를 낳았다 고라니는 밤새도록 더 큰 소리로 울었다 사람들은 안개를 뚫고 달려드는 소름 돋는 절규를 외면했다 젖이 마른 어미가 새끼를 살리기 위해 천적들이 득실거리는 냇물 앞에 갓 낳은 핏덩이를 두고 사라졌다는 이웃집 할머니의 그럴듯한 해명이 더 뼈아프게 들려오던 날

　산과 들이 붉은 속살을 드러내며 숲속 오솔길이 사라지자 소리보다 빠른 자동차 길들이 또 다른 세상의 문으로 이어졌다 그것이 삶과 죽음의 경계일 줄이야 길 잃은 고라니와 짐승들이 차례차례 불빛 속으로 뛰어들던 밤, 나도 아득한 절벽 아래로 한없이 떨어지는 꿈을 꾸었다

　매일 출퇴근하는 내 자동차 바퀴 밑에서도 수백, 수천 마리의 개미와 개구리, 두꺼비, 장수풍뎅이가 이유

없이 비명횡사한다는 걸 모르는 바 아니다

날마다 들려오는 고라니 울음과 우주의 공명처럼 밤잠을 뒤흔드는 개구리 떼 합창이나 새벽부터 울어 대는 새들의 소리가 진짜 아름다운 노래였는지, 아니면 죽음 앞에서 울부짖는 절체절명의 비명일 뿐이었는지 진심으로 궁금해지는 밤이다

당신은 이 혼돈의 밤을 어떻게 견뎌내고 있는가

잃어버린 시간

세계 최대 입자물리연구소에서 빛보다 빠른 중성미자를 발견했다는 뉴스가 전 세계에 타전됐다

10년간 우주여행을 하고 돌아오면 지구는 1000년 후의 미래, 꿈과 현실의 경계가 없다는 걸까

나는 이제 루시*를 만나러 350만 년 전으로 떠난다 지금 막 직립보행을 시작했을지도 모를 그녀의 고향 아프리카로
차가운 동굴 안에서 거친 열매와 사냥감으로 허기를 채우며 살고 있을지도 모를 그녀를 위해

우리는 잃어버린 시간의 숲속에서 벌거벗은 신들의 세상을 엿보며 오랫동안 사랑을 나눌지도 몰라 그래도 그녀에게 미래의 거울은 보여주지 말아야지 지구의 아픈 미래와 미친 인류의 민낯을 보여주는 건 너무 가혹한 일이거든

혹여, 그곳에서 또다시 과거와 미래를 오가는 열차

를 만나면 종말로 향하는 마지막 열차라도 좋으니 그
녀와 함께 올라탈 거야 그리고 아무도 없는 정거장에
서 무작정 뛰어내려 직립보행을 멈춘 후 평생 네발로
사는 거지

　우리들의 잃어버린 시간을 찾아서….

*루시(Lucy): 인류 최초로 직립보행을 했던 것으로 추정되는 여자

옥색긴꼬리산누에나방

누가 처음,
저 아름다운 나비를
옥색긴꼬리산누에나방이라
명명했을까?

긴 가뭄의 끝자락에서
꽃 씨방처럼
울음을 터트렸을
푸른 나방의 애벌레가
성충의 날개를 펴고
달빛 쏟아지던 여울목에서
푸드덕푸드덕
첫 비행을 시작할 무렵,

이름도 길고 긴
옥색긴꼬리산누에나방의 탄생을
처음 목격한 나는
온몸을 어둠에 적신
검은 고양이처럼 옹크린 채

눈망울만 껌벅거렸지

잔별들이
거대한 우주의 그늘 속으로
조용히 사라지던 순간,
옥색긴꼬리산누에나방은
밤새 좌충우돌 날갯짓을 하다
어둠을 가르며
어딘가로 날아오르고

배추이파리와
동박새 날개를 닮았다는
나방의 작명가는
분명, 시인을 꿈꾸는
늙은 농부였을지도 모를 일

절묘한 작명의 기원을
상상하는 즐거운 여름밤이다

떠
도
는
새

소나무 위에서
독수리가 스스로 목을 맸다

죽음의 진상은
하늘의 제왕이라는 것 말고는
밝혀진 게 없다

여름이 다가왔지만
몽골 초원으로 돌아가지 못한
겨울 철새의 순한 눈동자,
오랫동안 나무 위에 앉아
북쪽 하늘만 바라보았다는 것과
혹한이 몰려오기 전
생존을 위해
수천 킬로미터를 말없이
날아왔다는 것 외엔

잠든 독수리의
까만 눈망울 속엔 아직도

광활한 우주의 풍경이
펼쳐질 터이고,

오늘도 나는
지구에 사는 새들의
절반 이상이 대륙을 떠도는
철새라는 사실에
경의와 위로를 표한다

지금도 지구를 떠도는
수억의 유목민과 전쟁 난민들이
새만도 못한 종족 공동체로
꿋꿋이 살아가고 있다는
이 불편한 진실 앞에서 나는
독수리의 온전한 귀향과
명복을 기원하는 바이다

학대에 대한 보고서

사람들은 알고 있을까?

내가 목줄을 끊고 저 대기권 밖으로 날아가 우주의 미아가 되고 싶어 한다는 것을

한평생 사람들의 놀잇감이 되거나 쇠창살 안에 갇혀 살다 병이 들면 약속처럼 버려지거나 보신용으로 짧은 생을 마감하는 천하에 이 불평등함을 경멸한다는 것을

개 팔자 중에서도 상팔자는 부잣집으로 팔려가거나 맘씨 좋은 주인을 만나 평생 애지중지 살다가 죽는다는 것을

운이 좋아 내게도 한 번쯤 사랑이 찾아온다면, 아니 누군가 이 질긴 목줄이라도 끊어준다면, 단 하루만이라도 여기저기 묶여 있는 해방군이 되어 개들에게 구원의 복음을 전해 주고 싶어 한다는 것을

자유로운 권리와 진정한 개판이 무엇인지 보여주기 위해 결연히 목줄을 끊고 쇠창살을 부수어 총궐기로 우월한 견공들이 지배하는 새 세상을 만들고 싶어 한다는 것을

만약 혁명이 미완으로 끝난다면 내 목줄은 더 세게 조여질 테고 개죽음으로 끝날 수도 있지만, 이 개 같은 세상을 끝내기 위해서는 참된 복음이 무엇인지 꼭 알리고 싶어 하는 내 진정성을 말이야.

트라우마

수천,
수만의 비명들

땅속 깊이
파묻고
돌아온 날

비명은
끊임없이
어둠 속에
새끼를 낳고
또,
낳고

훈방조치

양계장을 털다 붙잡힌 수리부엉이 한 마리가 경찰서 유치장 신세를 졌다

일흔두 살 노인이 자기 집닭 열한 마리를 잡아먹은 수리부엉이를 붙잡아 인근 파출소에 넘겼다 경찰은 절도죄를 적용할 수 없다며 세 시간 만에 훈방조치를 했다

야심한 달밤에 친구들과 이웃 동네로 닭서리를 갔다가 살쾡이보다 날렵하게 닭 모가지를 낚아채던 순간, 뜨겁고 격렬하게 몸부림치던 전율에 내가 먼저 소스라치게 놀라 온몸이 굳어 버렸던 그 날 밤처럼,

경찰관들 앞에서 잔뜩 겁먹은 채 동그란 눈만 말똥말똥 굴리며 사람들을 빤히 쳐다보는 수리부엉이, 양계장 주인에게 붙잡혀 눈물이 펑펑 나도록 야단맞고 풀려났던 그때의 내 눈을 쏙 빼닮았네, 그려.

오월의 짙은 풀 향기처럼

송아지는 태어나자마자
비틀거리며 일어나 걷는다

어미 젖을 뗄 무렵,
우시장에 팔려가기 전날부터
어미 눈엔 눈물이 주룩주룩
송아지는 무너지는 어미 마음을
아는지 모르는지

사람들은 소를 보며
영물이거나 조상이라고 말하지만
늙고 병들면
누구나 도살장 신세일 뿐

끔벅거리는 황소의 눈엔
세상이 정말 우습게 보이는지
제 맘에 안 들면
뿔과 뒷발로 치대며
꼬리 채까지 휘두르지만

마을마다
씨황소 한두 마리 빼고는
일찌감치 고깃소 신세인 것을

소 한 마리만 잘 키워도
우골탑을 쌓던 시절,
어미 소의 큰 눈을 닮아
겁도 꿈도 많던 아이들이
무럭무럭 자라나고

논밭을 갈다가도
싸지르는 뜨거운 소똥은
오월의 짙은 풀 향기처럼

모락모락 피어올라
하염없이 너른 들판으로
훨훨 퍼져 나갔더랬지.

무단
횡
단

고속도로를 달리던
자동차들이 급제동과 동시에
숨소리조차 일제히 멈췄다

경찰차와 구급차는
긴급 출동을 하나 마나
출근길 한바탕 소동은
이미 끝나 버린 뒤

화가 난 경찰관들이
벌금이라도 물리겠다며
범인을 찾아 나섰지만
모두 아무것도 못 봤다며
고개를 흔들 뿐,

CCTV와 블랙박스엔
새끼오리 여덟 마리가
엄마 오리 궁둥이를 쫓아
뒤뚱뒤뚱,

줄지어 천천히

무단횡단 중이다

몽상가

바다 횟집 물고기들이
비상구를 찾아 배회 중이다

그중 우두머리가
배를 뒤집는 척하며
지상의 길들을 탐색한다

중년의 커플이
첫 손님으로 들어와
크고 싱싱해 보인다며
느닷없이 그놈을
콕, 찍어 주문했으니

아뿔싸!

이제 제 몸속에 숨겨 놓은
드넓은 바다를 빠짐없이
모두 펼쳐 보여야 할
시간이다

2부

모닝커피를 위해 긴 줄을 서고

율법의 땅

검은 히잡을 쓴 여자가
인도 공립병원 영안실에서
젖먹이 딸을 안고 있다

여자는 더 이상 울지 않고
딸아이도 젖을 물지 않는다

엄마 눈을 쏙 빼닮은
짧은 생의 후면이 보일 듯 말 듯

가난한 아비가
어린 자식을 먼저 떠나보내는 것을
미덕이라고 믿는 나라

어떤 죽음이든
거룩한 신의 생존의식임을
아는지 모르는지
율법의 땅에 태어난
너의 잘못일 뿐

노을 가득한

갠지스강 위엔

누군가 던진 꽃 한 송이

밤새 흘러가고

낀장에 내린 함박눈

화가 K 씨는
겨울 눈을 한 번도
못 보고 살았다는
어린 아내의 가족을 위해
태백산 정상에서
일출 대신
눈 내린 풍경을 찍고
또 담았다

돌아오는 설 명절엔
지상의 어느 눈꽃보다
더 환한 눈망울의
첫돌배기 딸을 업고
이국의 처가에
다녀올 것이라고

그때쯤이면
은하수 물결 흘러넘치던
낀장*에도

따듯한 함박눈이
펑펑 내리겠다

철수시장

고려인 김율리나와 이마리아가
대를 이어 유목의 삶을 살아가는
그곳,

스탈린의 강제이주 정책이 언제 있었냐는 듯
평화로운 재래시장 초르수*를
철수시장이라고 부르는 사람들

희미하게 멀어져가는
고국의 핏줄을 잊지 말자며
영원히 부러지지 않을
모국어의 말뚝을 가슴 속 깊이 박았던
우리들의 철수가 살아 있는
그곳,

관광객들은 철수시장에서
김치를 팔고 있는 고려인들에게
말을 섞어보지만
낯익은 얼굴과 붉은 김치맛만

그대로일 뿐,

환한 눈빛 미소로

잃어버린 모국어를 대신하고

아직도 원 달러,

원 달러를 외치며

구걸하는 아이들이 몰려다니는

그곳,

온종일 무심하게 쏟아지던

어린 눈발조차

참으로 참으로 순해 보이던

철수시장.

*중앙아시아 우즈베키스탄 타슈켄트에 있는 재래시장

저 가로등처럼

암막 커튼을
반쯤 열어젖힌
그곳에선
생의 뿌리가 훤히 보이는
여자들이
싼값에 꽃을 팔았다

오빠! 추워요
잠시 쉬었다 가세요

일찌감치 몰려온
이국의 사내들은
삼삼오오
꽃값을 흥정하고

어둠이 허물을 벗는
이른 새벽이면
습관처럼
현장을 떠나야 하는

저 가로등처럼

산천어와 은어가 대를 이어

순창에서 남원까지
백 리 길을 걸어서 시집온
민박집 할머니

대청마루엔
빛바랜 효부상과
군수님이 4대와 함께 찍은
흑백 사진이
근엄하다

할머니 품에서 자란
지리산 바람은
처마 끝에 매달려 칭얼대는
어린 풍경을 달래주고

울타리 밖 은행나무는
푸른 별을
주렁주렁 매달고
보초병처럼 서성였는데

이른 아침
파란 물감이
뚝뚝 떨어지던 하늘에서
소나기 한줄금 지나가자
빨간 고추 멍석
흠뻑 젖어 소란스럽던

아직도
산천어와 은어가
대를 이어 주고 있다는
지리산 민박집은
거기 있을까

무정란을 깨며

아기 우는 소리는
사라지고
때늦은 부음訃音만
무성해

온종일 불 밝힌
양계장 닭들은
하루 두 번
산란의 고통으로
태어나고

아
리
랑
요
양
원*

　고려인들이 대를 이어 살아온 중앙아시아 광활한
목화밭 사진을 찍던 중 활짝 핀 다래 솜 몇 송이를
슬쩍해와 싹 틔우고, 꽃 피웠다 흰색으로 피었다가
연분홍으로 곱게 물드는 꽃송이를 바라본다

　목화밭에서 평생 살아온 고려인 1세대 아흔여섯
김귀둥야 할머니의 얼굴을 쏙 빼닮아 수줍던 얼굴엔
홍조가 가득 피어나고

　흰 솜눈이 만개한 목화밭에 서면 아직도 그녀의 창
가 소리 귓전에 눈부시다

*한국국제보건의료재단(KOFIH)이 운영하는 우즈베키스탄 타슈켄트에 있는
고려인 독거노인 요양원.

커피콩처럼 검붉게

고산지대 커피 농장에서는
키 작고 날렵한 아이들 인기가
최고라는 사실과
공정무역을 주창하는 미국산
별 다방 이야기는 하지 말자

하루 1달러를 벌기 위해
매일 커피콩을 따고
다음 날의 생계를 고민하며
학교 가기를 꿈꾸는 아이들과
수백만 노동자를 생각하지 않더라도

우아하게 마시는 커피가
한 끼의 밥보다 품격있는 문화라기에
우리들의 비어 가는 시급을
생각하지 않은 지 오래 건 만

어른이 되기 위해
아메리카노를 보약처럼 마셨던

나는
커피가 천국인 이 땅 위에서
모닝커피를 위해 긴 줄을 서고

황금빛 커피 방울이
아름답다는 생각을 하다가도
아이들의 짜디짠 땀과 눈물 맛에
가슴 무너지던 날도 많았으니

너희는
오늘도 다람쥐처럼
커피나무를 온종일 오르내리며
뜨거운 정오의 햇살에
커피콩처럼 검붉게
잘도 익어가는구나

3부

노을 밖 세상

불온한 소문

안개가 소리 없이 몰려다니며 도시를 점령했다

세상의 경계를 허무는 일이 불법인 줄 알면서도 가
로등도 눈을 감아 버렸다
지난밤엔 누군가 안개 속에서 불온하게 몸을 섞었
다는 소문이 떠돌았다

오늘도 길고양이 몇 마리가 안개를 피해 떠났다는
소식이 붉은 안개 속을 빠져나왔을 뿐

더 이상 산업도로의 포악한 안개 속으로 뛰어드는
미친 짓은 하지 않는다

이제 안개는 이 고장 특산물이 아니다

생의 절벽에서

골목길을 빠져나온
늙은 사내들은
수인사도 잃어버린 채
24시 편의점에 모여
텅 빈 속을
컵라면으로 달랜다

등산 배낭 대신
예초기를 짊어지고
또 하루를
매미 떼처럼
생의 절벽에 매달려
요란스럽게 울고

저기,
담배 연기처럼
먼동이 튼다

새벽 다섯 시,

어둠을 진열한
슈퍼마켓 앞에서
빈 상자를 챙기는
노인의 등 뒤로
또 다른 늙은이 다가와
한동안
서성거리고

먼저 온 그림자가
뒤에 온 그림자를
삼켜버린다

생선 상자를 뒤지던
고양이 한 마리
슬금슬금
자리를 떠나고

길거리 경제학

시장바닥은 자고로 시끌벅적해야 하는 법이여, 소싯적 노점상을 하던 남대문시장 일대엔 발 디딜 틈이 없었지. 좁고 지저분한 골목에도 동남아 관광객들까지 줄지어 몰려다녔거든. 요즘엔 재래시장마다 노점상들을 죄다 내쫓더라고… 글쎄! 길거리만 깨끗하다고 죽은 경제가 살아나남? 그럼, 몽땅 백화점에 몰아넣고 왕창 쎄일을 하면 되지… 안 그래, 기자 양반?

용인 오일장에서 브랜드 속옷과 양말을 마구 흔들어 파는 박 씨가 오늘은 노을보다 먼저 파장한다며, 일찌감치 길거리 경제학 강의로 떨이 중이다.

폭설주의보

온종일
눈이 내렸다

퇴근길
단골집에서
국밥 한 그릇과
소주 한 병

어딘가에서 날아온
하루살이 한 마리
내 곁을 맴돌고

황급히 달려온 주인은
뭉툭한 손톱으로
그놈의 몸통을
꾹 눌러 터뜨려버렸다

뚝배기 속으로
비명이 가득 퍼진다

창밖엔

떼 지어 온

흰 벌레들이

펄펄

휘날리고

저물어 가는 지구를 굴리며

오일장마다
'믿음천국, 불신지옥'을 부르짖는
붉은 조끼들이
천국행 암표를 팔고 있다

십자가를 등에 진 종말론자는
옆구리에 스피커를 매단 채
그분이 너희 죄를 사했노라고,

여장 남자 각설이는
호박엿은 구원이 아니라
만 원에 네 개라며,
이미 구원을 받은 듯
찬송가보다 더 크게
뽕짝을 불러댔다

누런 푸들을 앞에 태운
노인의 전동휠체어는
호박엿으로 구원을 받았는지

서둘러 귀가하고

땅바닥을 끌며
찬송가를 부르는 박물 장수에게
천 원짜리 면봉과
편지 봉투 한 묶음을 사는
사람들,
그가 애벌레를 닮았다며
그림자마저
조심스레 비껴가고

그는 오늘도 온몸으로
저물어 가는 지구를 굴리며
노을 밖 세상을
구원 중이다

김량천의 안개

안개처럼 떠다니던

삶이 가볍다

그들은 항상 술을 퍼마시고

안개가 범람하는

김량천에 몸을 던졌다

안개를 몰고 다니던

자동차 불빛들도

가로등처럼 허기를 태워

불을 켜고 있는지

흔들리는 불빛에

만취한 노래는

안개가 쌓인 둑방을 넘지 못해

김량천 너른 변에 서서

오줌을 갈긴다

일렬횡대로 웅크린

포장마차 불빛들은

안개의 생살을 찢고 나와
꽃상여처럼 두둥실

이따금 구겨진 술 취한 언어들이
담배꽁초와 함께 버려진다

그중 몇 놈은
욕설과 멱살잡이를
또 다른 몇 놈은
집어등集魚燈 같은 불빛을 따라
김량천 안개에
속살까지 흠뻑 적셨다

포장마차에서는 누구나
안개를 술처럼 마신다

문신의 추억

사내의 등허리에
숨어 있던 호랑이와 용 그림이
비누 거품에
먹물처럼 흘러내리던
오후 3시,

타일 바닥에 널브러진
젖은 수건은
게거품을 질질 흘리는데

개와 문신은 출입금지

TV 뉴스가 나오자
당당했던 사내들이
맥반석 달걀을 까다 말고
스멀스멀
수챗구멍 속으로

우리 동네 목욕탕은

8월에 폐업했다

매일 목욕탕에서
모인다는 매목회 회원들도
뿔뿔이 흩어지고

언젠가부터
내 몸 어딘가에서도
호랑이와 용들이
꿈틀거리며
간지럽히기 시작했다

나는 왜,
그 흔한 장미 한 송이
진작 내 몸 안에
온전히
들이지 못했을까

강남스타일

지상과 지하를 잇는
강남역 1번 출구
가파른 계단 가장자리야말로
일등석, 노다지다

온종일 빈 깡통을
간절히 바라보며
가자미처럼 엎드려
누군가의 한 생을 경배하며
속죄하는 이 있으니

동전이 떨어지거나
가볍게 구겨지는 지폐 소리에
고개를 살짝 들어보면
내리막과 오르막이
쉴 새 없이 교차 중인 것을

이따금 코끝을 스치는
반라半裸의 살 냄새에

다시 고개를 푹 숙이는데

아저씨!
이제 빈 깡통 대신
카드 단말기나 페이 어때요?
노랑머리 짧은 치마의
적선 한마디

아!
그래, 저곳은 분명
천국의 계단일진대

묵묵부답

밖이 소란스럽다
여자가 집으로 가겠다며
다시는
돌아오지 않겠단다

춘삼월 폭설로
계절의 경계가 희미해진
어느 날 저녁
한평생 고왔던 여자가
너는 누구냐 욕설을 퍼붓는다
뜨거웠을 첫사랑이
낯설어진 남자는
묵묵부답

날마다
군고구마 한 봉지
가슴에 품고
요양원 비탈길을
절뚝거리며 오르내리던

남자는

요양원에 어둠이 내리자

눈을 맞으며

울다 웃기를 반복하고

거
울
없
이
도

공 시인에게
네일샵 직원이 묻는다

눈도 안 보이는데
손톱 단장은 왜…?

보는 사람들
기분 좋으라고요

거울 없이도
매일 혼자서
화장을 잘하는
그녀,

목소리만 들어도
배불뚝이
중년의 아저씨라며
술 취한
내 발걸음까지도

다 헤아린다

시인은
오늘도 창을
활짝 열어젖히고
날아가는 새와 구름을
환하게 바라본다

당선통보

점심시간이 끝날 무렵,
신인상 당선통보를 했다

지금 통화되십니까?
아~ 네,
지금 배달하러 나왔는데요

김밥집 여주인이 인근 사무실로
늦은 점심을 배달 중이다

어머나, 정말이요?
순간, 고요한 침묵이 흘렀다

어쩜 시를 김밥 말듯
오지게나 잘도 말았던지……

온종일 김밥을 말면서도
오로지 시만 생각하고 산다는
진짜 시인이 탄생하던 날

그날은 나도

영광의 배달부가 되었다

수몰의 역사

풍문으로만 떠돌던
수몰 지구 편입설이 끝내
신문 귀퉁이를 장식했다

대를 이어온 고향 마을

늙은 이장은 술만 취하면
대추나무에 매달린 스피커로
뽕짝을 흘려보냈다
마을 주민들은 눈치를 보며
흉흉한 민심을 읽고

수몰 아니면 화장터와 납골당
쓰레기 매립장과 소각장
군부대와 사격장이
들어온다는 불온한 소문이
유령처럼 떠돌았다
부동산 뚜쟁이들의 잦은 출몰로
마을 곳곳에

붉은 말뚝이 박히고

부동산 광풍이 지나가자
호수공원을 낀 신도시가 들어섰다
수백 년을 이어온 원주민들만
뿔뿔이 흩어지고

지금도 꽃비가 내리는
봄날이면
고향 마을 하늘을 바라보며
망향제를 지낸다는
웃픈 이야기

동락전, 그 후

　오래된 흑백 사진 속 얼굴들이 웃고 떠든다 액자 밖에서도 주름진 얼굴들 취해서 부어라 마셔라 막걸리 한 병값에 나라 경제와 물가가 흔들리는 세상이라니, 이럴 땐 뭐니 뭐니 해도 나라님 씹는 안주가 제일 값싸고 잘 팔리는 법 그래도 개운치 않으면 한바탕 싸움질을 하다가 문을 박차고 나가 전봇대 아래 서서 뜨거운 몸 덜어내면 되는 거야 골목 끝엔 항상 그랬듯이 희고 붉은 희망의 깃발이 펄럭이며 누군가를 응원하고 있지

　단골 사진전이 끝난 후 술만 취하면 죽은 마누라와 초상권을 들먹이던 미장이 장 씨, 검은 양복을 입은 외아들이 찾아와 죽은 줄도 모른 채 여전히 웃고 있는 장 씨 얼굴을 떼어 갔다 겨울이 끝나기 전 페인트공 이 씨도 새 공사장을 찾아 신도시로 떠났다 카사노바 김 씨는 끝내 연애의 기억을 찾아 떠났다는 이야기가 술안주로 나왔다 아직도 사내들은 흑백 사진 속에서 웃고 떠들며, 또 취하고

4부

그래, 나는 시인한다

물구나무를 위한 변명

나는 술에 취하면
물구나무가 된다

땅에 뿌리를 내리지 못해
하늘에 발을 딛고
지구를 번쩍, 받들어 총! 하는

물구나무도 나무인지라
숲을 꿈꾸며 살았다

물구나무 세상은
모든 게 거꾸로 보여
때론 영혼의 잎새들마저
모두 떨어져
세상 밖에서 휘날리는
일과도 같아

물구나무 세상에서는
새와 비행기도

땅 위와 바닷속으로
곤두박질치는 법

사람들이 모두
구름 속으로 사라지는
멋진 풍경 또한
흔한 일일 수 있지만
지구의 종말을
꿈꾸는 건 아니야

오늘도 나는
물구나무로 서서
지구를 번쩍
우주의 한복판에 내던진다

호우주의보

갈비뼈 사이로
빗물이 스며들어

낮술 한 잔에
오래된
그리움의 강둑
무너진다

난청

거대한
우주의 괴물들이
어둠 속에서
으르렁댄다

누군가의
사주를 받은
저주의
목소리인가?

아니면,
침묵의 테러인가?

내 목소리를
복면한
또 하나의
침묵이여!

너
도,
한
번
쯤

사랑도

사람의 일이라

때론

농담처럼 가볍게

목숨처럼 무겁게

오래도록

주고받을 일이지만

가슴이 설레도

죽지 않을 만큼,

미친 사랑하고 싶어

한 번쯤,

사랑 때문에

목숨마저 두근거릴 때*

있었던 것처럼

*유병록의 <목숨이 두근거릴 때마다>에서

보
길
도

밤바다가
폭설에 무너졌다는
꿈속 편지의 우체국 소인을 따라
하행선에 몸을 실었다

당신과의 첫,
마지막 여행이었던
그 섬으로
눈발처럼 흩날렸다

차창 밖 너른 풍경들은
어둠을 역주행하고
앙상한 전봇대는
마을과 마을을 달렸다

새벽 어귀에 이르자
동백꽃 무희들 끝없이 몰려나와
온몸을 던져가며
한바탕 춤을 추었다

동백은 폭설에도
속절없이 피고 졌노라며
바닷가에선
붉은 하루가 저물 때마다
하늘도 잠시 멈춰 바라보았다

땅끝마을 해안도로
십자가에 앉았던
바닷새 한 마리 낯선 머리 위를
천천히 배회하고

파도처럼 출렁이던
당신, 거기 앉아 웃고 있었다

휴양림에서

오십이 넘어
삐걱거리는 몸뚱이를
고쳐 써보겠다며
산속 휴양림에
홀로 유배되었다

죽음의
그림자로부터
쓸쓸한 고립을 자초했건만
하룻밤도 못 되어
몇 개의 부고와 대출금
대리운전 문자까지
시도 때도 없이
불청객들은
밤새
내 방문을 두드렸다

그날 새벽,
나는

산새들보다 먼저 일어나

숲속 유배의 시간을

서둘러

빠져나왔다

사랑학 개론

독수리 사랑법은
평생 외도를 하지 않는 것

하늘의 제왕도
먹이 앞에서는 혈투를 벌이지만
사냥이 끝나면
언제 그랬냐는 듯
또다시
사랑을 시작한다

부리와 날개로 격렬하게 싸워도
날카로운 발톱은
서로에게 꼭꼭 감춘다

항상 지금의 사랑이
첫사랑이라고 설파하던
어느 연애주의자의 말에
박수를 치다가도
독수리 사랑법 앞에서는

사랑의 음모론에 빠져든다

평생 동안
한눈을 팔지 않는다는
광야의 순정에
무심히 고개를 돌려 외면하던
나는, 정작
어느 종의 수컷일까?

시
인

겨울 장바닥에

널브러진

배추이파리 같은 놈아!

그래,

나는 시인詩人한다.

영감
靈感

칠흑 같은
밤
돌부리에 걸려
고꾸라지던
순간,

번개처럼 날아와
내 뒤통수를
사정없이 후려치던
너,

그리고

한
방울의
피.

무
심

허물어진

담장 밖으로

목련꽃 떨어지는 소리

이유 없이

컹컹 물어뜯던

저 몽실한

눈빛,

긴 하품과

껌벅이는 눈빛 사이

조용히

한없이 떨어지는

꽃잎,

하나

둘.

지구본을 돌리며

이 세상 어딘가에
또 다른 내가
살고 있을 것이라고
생각한 적 있어?

지구 반대쪽을
뻥 뚫고 나가면
저 멀리 지구별이 보이는
또 다른 세상의
절벽 아래로 하염없이
떨어질지도
모른다는 상상 말이야

사람들은
동굴 속 박쥐처럼
지구별에 매달려
중력을 잊어버린 채
살아가고,

어딘가엔 지금도

또 다른 내가

혹성 탈출을 꿈꾸는

외계인처럼,

하루하루를 외롭게

살아가고 있을지도

모른다는

생각 말이야

나쁜 습관

술만 취하면
떠나버린 연애의 습관처럼
그리워지는 이름

지금 어디예요?

지금 거신 전화는 없는 번호입니다
확인 후 다시 걸어주시기 바랍니다

삭제 버튼 하나면
깨끗이 잊힐 줄 알았는데,

사십구재가
여러 번 지나갔다

5부

가장 여리고 강한

새벽

밤새 눈 내리면

남의 집 대문 앞까지

환하게 쓸어놓고

막다른 골목 안 모퉁이를

돌고 돌아

절룩절룩 되돌아가던

저 늙고 환한

당신의 뒷모습

그
해
겨
울

장작불이 타오르자

가마솥 안에서 따사로운 안개가

모락모락 피어올라

부엌 안을 채운다

갈라진 흙벽 사이로

백열전구 불빛이

살며시 고개 내밀고

설맞이 목욕을 위해

어머니 앞에

발가벗겨지던

아침 햇살처럼

눈부시게 다시 태어난

그해 겨울

봄날예보

아카시아 꽃잎
하염없이 떨어진다

메마른 하늘 맥없이 바라보며
주름만 깊어가던 할머니

찔레꽃 필 때가 제일 가물 때란다

그믐달조차
메말라 부서지던
봄밤,

하얀 찔레꽃 단비 되어
이 땅을
흠뻑 적시고

직
유

돌덩어리

석굴암 부처님

바늘로 손등을 살짝만 찔러도

금세 피가 주르륵

흐를 것 같다

청춘일기

햇살조차 가물어
떠돌이 삭풍도 세를 들지 않던
뒷골목 쪽방살이었어

꽁꽁 얼어붙은
시멘트 계단 틈 사이로
민들레, 채송화, 씀바귀같이
흔해 빠진
몇 개의 희망만
속절없이 뿌리 내리던

밀린 월세와
붉은 고지서가 쌓일 때면
쪽문 앞 접시꽃이
먼저 나와 조용히
고개 숙여 몸 조아렸지

유효기간 지난
신문지가 죄인처럼

꽁꽁 묶인 채
떠날 채비를 할 때면

또다시,
누군가의 생계를 위해
속절없이 떠돌았던
내 청춘의
겨울 이야기

잘 삭은 거름

첫해엔
풀을 뽑고 밭을 갈고
잘 삭은 거름을 듬뿍 낸 후
고추와 상추를
마음 가는 대로
심었다

감자와 고구마를 심고
오이와 강낭콩 호박 넝쿨까지
하늘 높은 줄 모르게
욕심껏 올렸지

다음 해엔
백일홍과 달리아 샤스타데이지 같은
색색의 꽃을 옮겨왔어

또, 그다음 해엔
원추리, 과꽃, 맨드라미 같은
우리의 얼굴을 닮아

이름마저 정겨운 야생화들을
꽃 피우게 했어

계절이 바뀔 때마다
들판의 풀꽃 향기들
가슴 속까지 번져 올 때면
굶주렸던 영혼의 배가
한없이 불러왔으니

이렇게 살다가
죽어간다면 여한이 없을
나의 귀농일기

신록 연대기

나무 위
눈꽃들은
봄의 산란인가,
반란인가?

눈꽃이 사라진 후
연초록 꽃눈과 잎새들
앞다퉈 피어난다

기어이,
숲속에서 잠들었던
봄의 전령들마저 일어나
어깨동무하고

백두대간
산맥들 먼저 들썩거리더니
뿌리끼리 손잡고
잎새마다 바람을 일으켜
일제히 기지개를 켠 후

골짜기마다
푸른 함성 울려
신록의 연대를
시작한다

법
정
스
님
과
해
바
라
기

여름 장마가 물러가자
해바라기가 훌쩍 커 버렸다

법정 스님이
암스테르담 고흐미술관 매점에서
모셔왔다는
해바라기 씨앗은
강원도 오두막 산방 언저리에
오랫동안 뿌리내린
유목의 시간이다

해바라기는
고흐의 얼굴을 닮았지만
산중 고독을 못 이겨
남몰래 환속하던 탁발승을
따라나서고 싶었는지
아침마다
동자승처럼 길게 목을 뽑아
아랫녘 세상을

하염없이 굽어보셨다

가장 여리고 강한

어머니 제발,
그만 좀 뽑으세요

아들아!
저 들풀을 그냥 다 놔두면
여름이 오기 전에
세상은 쑥대밭이 된단다

이 땅에서
가장 여리고 강한 이름
야생초와 어머니

비바람 세차게 몰아치던
생존의 들판에서도
서로는 홀로 싸우며
동고동락한

어머니는
저 어린 풀들과 한평생

전사이자 전우로 살아왔던

동지였음을

아시는지 모르시는지

소
몰
이

울 아버지,

안개에 젖은

그 넓은 아침 허기를

몽땅, 다

갈아엎었다

누가,

누굴 끌고 가는지

이랴! 이랴!

해설

안개와 어둠, 불온함으로 얼룩진 지도地圖

정재훈(문학평론가)

> 우리의 삶을 만들어 가는 것들은 아주 희미하고, 예측할
> 수 없다. 때문에 우리는 가까스로 탄생한다.
>
> — 리베카 솔닛

시는 그 시인이 열어놓은 길목과도 같다. 그곳을 따라 이어진 길은 우리가 걸어왔던 것과는 다른 풍경이 펼쳐진다. 우리가 시를 진정 마주하는 지점도 바로 여기일 테다. 무심코 지나쳤던 것들을 새롭게 발견하게 되고, 낯섦을 통한 두려움 내지 불온함을 느끼는 것이야말로 시를 마주하는 것이다. 지도에 이미 표기된 채로 익히 알려진 곳이 아니라, 그곳으로부터 최대한 멀리 벗어나고자 미지의 길목을 향해 주저 없이 발걸음을 돌리는 자들의 이름 가운데에는 마땅히 '시인'도 포함되어야 한다. 그렇게 시인이 희미하게 빛나는 시적인 힘을 일상에서 건져 올려 마침내 모습을 드러낸 시들은 우리 앞에 불온함으로 펼쳐져 왔다. 그리고 시인

김종경의 작품 세계도 그러했다.

그의 첫 시집 『기우뚱, 날다』(실천문학사, 2017)에서 푸른빛이 감도는 따뜻한 문장들(「국수집 연가」)을 마치 국수 가락처럼 뽑아서 독자인 우리에게 대접했던 이의 얼굴이, 이번 시집에서는 "온종일 김밥을 말면서도 / 오로지 시만 생각하고 산다는 / 진짜 시인"(「당선통보」)의 모습으로 재차 우리 앞에 당당히 서 있었다. 하루하루의 일상이 중첩되는 와중에도 그 안에서 희미하게 빛났을 시적인 힘이야말로 분명 누군가에게는 따뜻하고 소중한 양식과도 같은 것이었으리라. 김종경이 만들어놓은 시적인 세계가 특별한 이유는, 이렇듯 우리가 보지 못했던(아니면, 보고도 외면했었을) 변방에 있는 이웃들을 바라보는 시인의 따뜻한 시선이 있었기 때문이었는지도 모른다.

하지만 변방은 지도에 없다. 지도만 봐서는 우리가 그곳을 상상하긴 어렵다. 폴란드의 국민 시인이자, 1996년 노벨문학상을 수상하기도 했던 비스와바 쉼보르스카의 시 「지도」에서 보듯이 지도는 "아무런 동요도 일으키지 않고 / 표면 전체를 평화롭게 놔둔다." 그렇게 우리는 "그 속에서 길을 잃을 염려가 없"었다. 그리고 "수많은 무덤들, 느닷없는 폐허들은 / 도면 속에서 모두 배제"되어 왔었다. 우리에게 "잔인한 진실과 마주할 기회를 허용치 않"는 지도의 밋밋한 표면의 평화로운 세계야말로 상상이 허락되지 않은 지옥인 셈이다. 하지만 김종경은 첫 시집을 통해 변방을 지도가 아닌 시로써 펼쳐 보였다. 그의 시편들이 비록 희미하고 예측할 수 없는 푸른빛을 발하였지만, 분명한 것은 거기에 온기가 스며있었다는 점이다.

　만약 우리들의 시선이 지도 위, 그러니까 이를테면 "채석강 해안도로"(「빛의 유족들」)에만 줄곧 머물렀다면, 저 "붉은 노을"을 배경으로 조금씩 핏빛(온기)처럼 흘러내렸을 누군가의 고통스런 얼굴은 보지도 못하고 지나쳐버렸을 것이다. 김종경은 익숙한 노선(도로, 궤도)에서 한참 벗어나 우리에게 이내 또 다른 길목을 안내한다. 그에게 시라는 길목은 일 방향이 아니다. 오히려 "일출과 노을에 등 기대고" 선 것과 마찬가지로 길목을 경계로 이전과 이후에 상상의 뿌리를 드리우기 때문이다(「물구나무를 위한 변명」). 비록 "누구든 이 세상을 떠날 땐 노을의 궤도를 따라가는 법"이라지만, 그렇다고 정해진 궤도만을 믿고, 노을로 사라진 "빛의 유족"을 오로지 비극으로만 표기할 수는 없었다.

이 세상 어딘가에

또 다른 내가

살고 있을 것이라고

생각한 적 있어?

지구 반대쪽을

뻥 뚫고 나가면

저 멀리 지구별이 보이는

또 다른 세상의

절벽 아래로 하염없이

떨어질지도

모른다는 상상 말이야

사람들은

동굴 속 박쥐처럼

지구별에 매달려

중력을 잊어버린 채

살아가고

어딘가엔 지금도

또 다른 내가

혹성 탈출을 꿈꾸는

외계인처럼,

하루하루를 외롭게

살아가고 있을지도

모른다는

생각 말이야

— 「지구본을 돌리며」 전문

날짐승과 들짐승 사이에 어디에도 속하지 않은 "박쥐"가 그러했듯 어쩌면 우리들의 운명도 생(生)과 사(死), 빛과 어둠 사이의 길목에 놓여 있는 것은 아닐까. 지도는 이러한 불명확한 경계를 담아낼 수가 없다. 그러니 지도에는 이미 수많은 것들이 누락 되어 있는 셈이다. 위 시의 화자이자 시인은 독자인 우리에게 질문을 던진다. 지구본을 돌리면서 "이 세상 어딘가에 / 또 다른 내가 / 살고 있을 것"을 생각한 적이 있느냐고 묻는 것이다. 시적인 것으로서 드러난 질문은 일상을 가로지른다. 거칠게 분출됐을 시적인 상상의 힘은 정확히 지구본의 반대편으로 구멍을 만들어버린다. 세상을 설명하고자 만들어진 지구본의 매끄러운 표면이 비로소 갈라지고 무너지기 시작하면서 거친 단면이 마침내 드러나게 되는 것이다.

　관습으로 인해 견고해진 일상에 틈을 벌리려는 시적인 힘도 이와 마찬가지다. 화자이자 시인의 눈에는 이 거친 표면이 마치 "또 다른 세상"처럼 보였을 것이다. "절벽"은 일상의 하루하루가 켜켜이 쌓였던 탓에 우리가 그동안 보지 못한 세계의 거친 단면이다. 그동안 익숙했던 지구보다 훨씬 더 척박한 세계, 다시 말해 지금까지 지구본이 우리에게 결코 설명해 주지 않은 낯선 세상("혹성")을 상상한다는 것은 우리가 있는 이곳에 대한 의심 섞인 질문에서 비롯된다. "생존의 들판"(「가장 여리고 강한」)에서 엿보인 모성의 너그러움과 더불어서, 또 한편으로는 생존만을 위해 움직인 탓에 생겼을 가장 열등하고 저급한 그림자(「새벽 다섯 시,」)들로 얼룩진 곳이 바로 우리가 서 있는 세상이다.

　지독한 가뭄이 길어지자 어미 고라니가 안개 낀 개울가에 새끼 한 마리를 낳았다 고라니는 밤새도록 더 큰 소리로 울었다 사람들은 안개를 뚫고 달려드는 소름 돋는 절규를 외면했다 젖이 마른 어미가 새끼를 살리기 위해 천적들이 득실거

리는 냇물 앞에 갓 낳은 핏덩이를 두고 사라졌다는 이웃집 할머니의 그럴듯한 해명이 더 뼈아프게 들려오던 날

산과 들이 붉은 속살을 드러내며 숲속 오솔길이 사라지자 소리보다 빠른 자동차 길들이 또 다른 세상의 문으로 이어졌다 그것이 삶과 죽음의 경계일 줄이야 길 잃은 고라니와 짐승들이 차례차례 불빛 속으로 뛰어들던 밤, 나도 아득한 절벽 아래로 한없이 떨어지는 꿈을 꾸었다

매일 출퇴근하는 내 자동차 바퀴 밑에서도 수백, 수천 마리의 개미와 개구리, 두꺼비, 장수풍뎅이가 이유 없이 비명횡사한다는 걸 모르는 바 아니다

날마다 들려오는 고라니 울음과 우주의 공명처럼 밤잠을 뒤흔드는 개구리 떼 합창이나 새벽부터 울어대는 새들의 소리가 진짜 아름다운 노래였는지, 아니면 죽음 앞에서 울부짖는 절체절명의 비명일 뿐이었는지 진심으로 궁금해지는 밤이다

당신은 이 혼돈의 밤을 어떻게 견뎌내고 있는가

—「혼돈의 밤」전문

　김종경이 상상하는 또 다른 세상, 즉 그의 시적 세계에
"아름다운 노래"만 들렸던 것은 아니다. 자세히 들은 독자
라면, 분명 거기에 간헐적으로 울리는 누군가의 "절체절명
의 비명"도 포착했을 것이다. 김종경이 첫 시집에 담고자
했던 변방의 목소리들이 우리에게 시적인 울림으로 다가올
수 있었던 것은 과연 무엇 때문이었을까. 어쩌면 안온하게
살아온 우리들의 이곳과는 전혀 다른 세상이라 할 수 있는
변방에서의 참혹하고 외로운 삶이 있었기 때문에 가능한
것은 아니었을까. 지도에서 보이지 않았던 변방은 매끄러운
표면 전체로 한눈에 보이는 지도의 세상과 다르다. 그리고
이러한 비가시적 상황은 김종경의 시 곳곳에서 볼 수 있는
데, 대표적인 이미지가 바로 위의 시 '안개'다.

　안개는 실제로도 비가시적인 상황이면서 동시에 "진심
으로 궁금해지는 밤"으로 이어진다. 무언가를 낯설게 느꼈
을 때 비로소 정말로 궁금한 것이 생기기 마련인데 이것이
야말로 시적인 질문인 것이다. "할머니의 그럴듯한 해명"이
이후에 어떠한 소문으로 이어질 것인지, 또 그것이 "사람
들"에게 어떤 감정을 불러일으킬 것인지는 알 수 없다. 사
람들의 입에서 회자되는 온갖 해명들은 안개 속에서 수없
이 어긋나게 될 것이다. 이렇듯 쉽게 해독할 수 없는 혼돈

의 맥락 앞에서 김종경은 이를 더욱 극대화시키기 위해 "비명"까지 삽입했던 것이다. "안개를 뚫고 달려드는 소름 돋는 절규"는 시야가 제한된 상황 속에서 불길한 상상으로 증폭되고, 그렇게 불면의 시간이 열린다.

안개가 소리 없이 몰려다니며 도시를 점령했다

세상의 경계를 허무는 일이 불법인 줄 알면서도 가로등
도 눈을 감아 버렸다
지난밤엔 누군가 안개 속에서 불온하게 몸을 섞었다는
소문이 떠돌았다

오늘도 길고양이 몇 마리가 안개를 피해 떠났다는 소식
이 붉은 안개 속을 빠져나왔을 뿐

더 이상 산업도로의 포악한 안개 속으로 뛰어드는 미친
짓은 하지 않는다

이제 안개는 이 고장 특산물이 아니다
　　　　　　　　　　　　　　　ㅡ「불온한 소문」 전문

　위의 시 "고장"이 앞서 「혼돈의 밤」의 무대인 마을과 같은 장소인지는 알 수 없으나, 이러한 안개가 김종경에게 어떤 시적인 맥락을 구성하는지 독자들은 충분히 짐작할 수가 있을 것이다. 이곳("도시")이 안개에 의해 "점령"을 당했다고 느끼는 불길함은 아무나 느낄 수 없는 것이었을 테고, 이는 분명 앞서 언급한 '아름다운 노래'와도 거리가 멀다. 시야가 확보되지 않은 상황에서 그동안 견고했던 일상의 "경계"가 조금씩 허물어지고, 그렇게 서서히 혼돈의 밤이 되자 무수한 "소문"들이 서로 "불온하게 몸을 섞었"다. 게다가 이 시집의 첫 시 「빛의 유족들」에서 "핏빛"의 불길함을 느꼈던 "고양이"가 그러했던 것처럼 위의 시 "길고양이"들도 "붉은 안개"에 감춰진 또 다른 세상의 민낯을 잘 알고 있었으리라.

　시적으로 마련된 상상의 무대 뒤편에 불온한 핏빛이 서려 있듯이 김종경은 안개를 비명과 어둠, 고양이와 같은 영묘한 이미지들과 뒤섞어 혼돈의 맥락을 구축한다. 그 속에서 화자들은 낯선 이미지들의 기이한 혼종이 자아낸 불면의 밤을 외롭게 보내며, 잠과 각성이라는 불명확한 경계 위에서 희미한 소문들의 잔상을 마주한다. 게다가 위의 시에서 "이제 안개는 이 고장 특산물이 아니다"라는 구절처럼 이러한 상황은 어느 특정 지역만이 아니라 어디에서도 벌어질 수 있는 '사건'이 된다. 또 다른 시 「김량천의 안개」에서도 변방 가까이에 유랑하는 삶들의 모습이 응축된 "안개"는 누구에게나 열린 "포장마차"처럼 곳곳에 자욱하게 펼쳐져 있었다. 그리고 저 멀리서 "집어등(集魚燈) 같은 불빛"이 희미하게 보이기 시작했다.

누가 처음,

저 아름다운 나비를

옥색긴꼬리산누에나방이라

명명했을까?

긴 가뭄의 끝자락에서

꽃 씨방처럼

울음을 터트렸을

푸른 나방의 애벌레가

성충의 날개를 펴고

달빛 쏟아지던 여울목에서

푸드덕푸드덕

첫 비행을 시작할 무렵,

이름도 길고 긴

옥색긴꼬리산누에나방의 탄생을

처음 목격한 나는

온몸을 어둠에 적신

검은 고양이처럼 웅크린 채

눈망울만 껌벅거렸지

잔별들이

거대한 우주의 그늘 속으로

조용히 사라지던 순간,

옥색긴꼬리산누에나방은

밤새 좌충우돌 날갯짓을 하다

어둠을 가르며

어딘가로 날아오르고

배추이파리와

동박새 날개를 닮았다는

나방의 작명가는

분명, 시인을 꿈꾸는

늙은 농부였을지도 모를 일

절묘한 작명의 기원을

상상하는 즐거운 여름밤이다

　　　　　　　　　—「옥색긴꼬리산누에나방」전문

　"옥색긴꼬리산누에나방"은 야간에 활동하는 곤충인데, 이 나방은 어둠 속에서 조명을 받으면 날개가 마치 옥색처럼 빛이 난다고 알려져 있다. 캄캄한 밤일수록 희미하지만 그만큼 더 아름답게 빛났을 것이다. 위 시의 화자이자 시인은 "온몸을 어둠에 적신" 채로 눈을 껌뻑이며 나방의 날갯짓을 목격한다. "거대한 우주의 그늘"과도 같은 어둠 속에 있어도 슬퍼하거나 스스로를 비극적 운명의 희생양으로 단정하기보다는, 오히려 "밤새 좌충우돌 날갯짓"을 눈으로 하염없이 좇으며 밤하늘을 혼돈의 맥락으로 가득 채워 넣었을 것이다. 그러다 마침내 "울음"이 터졌으리라. 이렇듯 김종경의 시 쓰기는 결국 이곳에서 그동안 메말랐던 상상의 끝자락("긴 가뭄의 끝자락")에 가늘지만 긴 물줄기를 흘려보내는("울음을 터트렸을") 일이었던 것은 아니었을까.

　그렇다면 우리도 나방의 이름을 둘러싼 "절묘한 작명의 기원"이 과연 어디서부터였는지를 상상해 보면서 저 울음을 따라 거슬러 올라간다면 어떨까. 그곳이야말로 시인이 목격했을 나방의 날갯짓에 감춰진 운명의 기착지이자, 동시에 누군가의 울음의 기원이 될 것이다. 자연의 이치를 절묘하게 받아 적었을 "나방의 작명가"가 "늙은 농부"였을지도 모른다는 화자의 추측은 괜한 것이 아니다. 인간은 결코 말을 소유한 적이 없으며, 인간이 아니라 침묵으로부터 최초의 말이 시작되었다고 말한 막스 피카르트는 오늘날에도 오직 농부만이 아직 그러한 침묵의 평야를 내부에 가지고 있다고 말한 바 있었다.[1] 이러한 점에서 농부와 가장 닮은 이가 바로 시인인 것이다.

오래된 흑백 사진 속 얼굴들이 웃고 떠든다 액자 밖에서도 주름진 얼굴들 취해서 부어라 마셔라 막걸리 한 병값에 나라 경제와 물가가 흔들리는 세상이라니, 이럴 땐 뭐니 뭐니 해도 나라님 씹는 안주가 제일 값싸고 잘 팔리는 법 그래도 개운치 않으면 한바탕 싸움질을 하다가 문을 박차고 나가 전봇대 아래 서서 뜨거운 몸 덜어내면 되는 거야 골목 끝엔 항상 그랬듯이 희고 붉은 희망이 깃발이 펄럭이며 누군가를 응원하고 있지

---

1) 막스 피카르트, 최승자 역, 「침묵의 세계」, 까치, 2010, 145쪽.

단골 사진전이 끝난 후 술만 취하면 죽은 마누라와 초
상권을 들먹이던 미장이 장 씨, 검은 양복을 입은 외아들
이 찾아와 죽은 줄도 모른 채 여전히 웃고 있는 장 씨 얼굴
을 떼어 갔다 겨울이 끝나기 전 페인트공 이 씨도 새 공사
장을 찾아 신도시로 떠났다 카사노바 김 씨는 끝내 연애의
기억을 찾아 떠났다는 이야기가 술안주로 나왔다 아직도
사내들은 흑백 사진 속에서 웃고 떠들며, 또 취하고.

　　　　　　　　　　　　　　　 — 「동략전, 그 후」 전문

하늘의 운행을 올려다보며 농사를 짓던 그 시절 삶의 방
식이 오늘날 보편적인 것은 아니다. 하지만 그렇다고 하여
"굶주렸던 영혼의 배가 / 한없이 불러왔"(「잘 삭은 거름」)
던 그때가 지금보다 더 불행했었다고 단언할 수도 없을 듯
하다. "생계를 위해 / 속절없이 떠돌았던"(「청춘일기」) 시절
을 한때의 청춘만으로 향수하기에도 지금 이곳의 생계 역
시 험난한 건 마찬가지다. 개발을 명분으로 세워진 "신도
시"의 안락하고 배부른 장밋빛 미래는 이전에 살던 이들의
흔적들을 가차 없이 밀어냈기에 가능한 것이었다. 김종경이
목격했던 어둠은 이곳 허름한 골목에도 있었다. 그리고 언
젠가 "오래된 흑백 사진 속 얼굴들"이 모두 떼어진다면 거

기에는 분명 우리가 봤던 절벽처럼 거친 표면이 모습을 드러낼 것이다.

위의 시에서 삶과 죽음, 웃음과 울음, 취기와 분노가 섞인 골목에서의 삶은 앞서 김종경이 그린 변방의 그것과 크게 달라 보이지 않는다. 골목이라는 막다른 길목에서 그곳 사람들의 감정은 "한바탕 싸움질"을 비롯해 "뜨거운 몸"으로 쉽게 분출되는 듯 보이기도 하지만, 이따금 "연애"를 가장한 옛 "기억"으로부터의 상처는 여전히 그들 마음 깊숙한 곳에 남아 있는 것처럼 보인다. 김종경의 시 세계가 유독 이곳 현실의 풍경과 닮아있는 이유는, 이러한 변방의 감정에서 비롯된 울음에 시인이 귀를 기울이고, 그 뜨거운 온기에 몸을 기대고자 했기 때문이다. "골목 끝엔 항상 그랬듯이 희고 붉은 희망의 깃발이 펄럭이며 누군가를 응원하고" 있는 이들이 있었다. 서로 같은 인간으로서 의지하려는 시인의 간절한 몸짓은 그렇게 조금씩 나방의 날갯짓을 닮아간다.

어쩌면 불온함이라는 것은 차가운 이곳 세상보다 더 "뜨겁고 격렬하게 몸부림치던 전율"(「훈방조치」)인지도 모른다. 나방의 날갯짓과 더불어서 시인이 목격했을 누군가의 전율하는 몸짓도 어둠과 안개처럼 해독할 수 없는 비가시적

영역에 속할 것이다. 이곳에서 관습처럼 굳어버린 경직된 몸짓이 아니라, 마치 정해진 궤도로부터 벗어나듯 "무작정 뛰어내려 직립보행을 멈춘"(「잃어버린 시간」) 자들의 기이한 몸짓이기 때문이다. 너무나 뜨겁고 격렬해서 오히려 두려움을 느끼게 하는 불온한 저 몸짓은 한때는 변방에서 홀로 태어나 언젠가 익숙해진 "어둠을 역주행하고"(「보길도」) 그렇게 마침내 존재의 날갯짓을 시작하게 될 것이다. 그럼 우리도 언젠가 저 날갯짓을 눈으로 좇아가야 할 것이다.

　비록 미미하게 보였을 날갯짓이라 할지라도 이것이 세상에 마침내 모습을 드러낼 때까지는 우리가 모르는 수많은 시간과 고통이 있었으리라. 리베카 솔닛은 나방이나 나비, 혹은 날 수 있는 다른 곤충을 성충으로 완성시키는 세포를 '이매지널 세포'라 부른다고 했다. 그런데 이 세포는 유충 단계에서는 활동하지 않다가, 다 자랐을 때, 즉 성충의 형태가 되었을 때만 등장한다. 애벌레가 자기 몸을 녹여 끈적한 액체가 되면 그때까지의 삶은 거기서 끝이라는 것이다. 그것은 삶의 중반부에 일어나는 죽음과 부활이다.[2] 김종경의 시 세계에서 우리가 목격했던 경계도 그러했다. 길목의 이쪽과 저쪽, 어둠과 안개 그리고 불온함으로 얼룩진 부분은 우리에게 익숙하고 약속된 기호가 아니었다. 그것은 오히려

2) 리베카 솔닛, 김현우 역, 「멀고도 가까운」, 반비, 2016, 237쪽.

이곳에서 말하는 죽음에 좀 더 가까웠다.

어둠과 안개, 불온함에 얼룩진 부분은 지도의 질서를 무너뜨린다는 점에서 두려움을 불러온다. 어디에 당도할지 짐작하기 어렵고, 심지어 그곳이 위험한 곳이라면 더욱 그러할 것이다. 하지만 이것은 지도에 의지하려는 자(삶에만 집착하려는 자)의 입장일 뿐이다. 제 몸을 녹여야 하는 애벌레의 극단적인 상황을 견딜 수 있게 한 것은 언젠가 올려다본 창공이었을 것이다. 지도에는 표기되지 않은 곳이지만, 지도보다 더 넓고 당장에 눈에 보이지 않는 또 다른 길목이 바로 창공이다. 그렇게 꿈틀거리며 걸었던 미미한 보폭이 스스로를 가두었던 껍질을 뚫고 마침내 날갯짓으로 바뀔 때, 이러한 시적 상상이 밖으로 나와서 희미한 존재의 빛을 세상에 발할 수 있는 것은 분명 지도 '밖'의 일이다.

시
인
의
말

그래, 나는 시인한다.

2022년 12월
겨울공화국 광장에서
김종경

김종경 경기도 용인에서 태어나 동국대 (언론학석사) 와 단국대 (문학박사) 대학원을 졸업했다. 2008년 계간 『불교문예』 신인상을 받으며 등단했다. 시집 『기우뚱, 날다』 포토에세이 『독수리의 꿈』 이 있다. 틈틈이 다큐멘터리 사진 작업을 하고 있으며 <오일장 사람들> 과 <독수리의 꿈> 을 주제로 한 개인전 다수와 다양한 기획전을 개최했다. 90년대 초·중반부터 『용인문학』 과 『용인신문』 발행인 겸 기자로 활동 중이다.

E-mail   poet0120@gmail.com